U0109061

樂中國系列

昭君出塞

甄妮 著

葉媛媛 繪

中華教育

西漢時期，秭歸的一戶小康之家養育了一位美麗出眾的女兒，名叫王嬙，字昭君。

王昭君十六歲的時候，恰逢漢元帝向民間徵召宮女，

相貌非凡的王昭君當即被選中入宮。

王昭君依依不捨地告別父母，離開家鄉前往長安。

宮女們入宮後要由宮裏的畫師畫像，並呈給皇上過目。

畫像被皇上相中，宮女才有機會見到皇上。

一個叫毛延壽的畫師通過畫像向新來的宮女收取好處，

其他宮女被迫接受，唯有王昭君堅決拒絕了毛延壽的無恥要求。

於是毛延壽故意將她畫得相貌平凡，讓她終日待在宮中，

無緣見到皇上。

宮中的日子漫長而孤寂，
宮女們就像飛鳥被關進了籠子，失去了自由。
可是昭君並沒有傷心抱怨，
每日努力讀書寫字，研習繪畫，彈奏樂器，
充實度日。

昭君雖身處宮中，卻也關心國家大事和邊疆戰事。

她聽聞幾年來，匈奴內亂不斷，漢朝和邊疆的匈奴屢有戰火，

匈奴人常到漢朝地區燒殺搶奪，百姓難得安寧。

遙居宮中的昭君，懷抱琵琶，似乎聆聽到了邊塞的哀怨。

為了平息匈奴內亂，漢元帝幫助南匈奴的呼韓邪（普 yé｜粵 爺）單于

殲滅了勢力強大的郅（普 zhì｜粵 疾）支單于。

呼韓邪單于心懷感激地來到長安拜謝漢元帝，並請求與漢朝和親。

漢元帝同意了，並吩咐大臣到後宮去傳話：

「誰願意到匈奴去的，皇上就把她當作公主看待。」

許多宮女都盼望能夠從皇宮裏出去，嫁個丈夫，過自由自在的生活。

可是現在要嫁到匈奴去，那裏天寒地凍，語言不通，因此誰也不願意應選。

而王昭君覺得這是關係到匈奴和漢朝和好的大事，她主動報名，遠嫁塞外。

大殿上，呼韓邪單于初見年輕美貌的王昭君，
不由得從心坎裏感激漢元帝。
到了結婚那天，新郎呼韓邪單于按照漢朝的風俗，
親自迎娶新娘王昭君。
新郎新娘拜見了漢元帝。
漢元帝賞賜給他們豐厚的禮物，
並為他們舉行了一個盛大的宴會。

匈奴是我國北方一個強盛的遊牧部落，

那裏身處戈壁大漠，天寒地凍，黃沙漫天。

匈奴人高大魁梧，習慣穿着皮毛製成的衣服，喜歡大塊大塊地吃肉；

他們有自己的語言，風俗習慣也與漢族人大不相同。

為了儘快適應當地的生活，漢元帝派人提前教會了王昭君說匈奴話，

了解當地的風俗人情，學會演奏匈奴的樂器。

到了臨行的日子，王昭君穿上冬衣，

跟隨呼韓邪單于和浩浩蕩蕩的送親隊伍，

踏上前往塞外的漫漫征程。

一路上，寒風凜冽，大雪紛飛，王昭君抱着琵琶，騎在馬上，
想到從此離開故土，遠離父母，不禁百感交集、思緒萬千。
她思索一陣後便輕撫琴弦，
將當下的心情譜成了一首曲子，邊走邊彈奏起來。

那曲子感傷哀怨，悽婉悲壯，
交織着希望、歡樂和道不盡的濃濃鄉愁。
天邊南飛的大雁聽到這如天籟的琴聲，
竟忘記擺動翅膀，紛紛撲落到地上。

第二年春天，出塞的隊伍走到了茫茫的大草原。

草原鬱鬱蔥蔥，這是年輕的昭君第一次踏上草原，

她滿懷欣喜地在草叢間奔跑、舞蹈，青春的心充盈着對未來的美好希冀。

千里黃塵，萬重關山，迢迢征途，險峻重重。
出塞隊伍行走過湍急的河流，穿過崎嶇蜿蜒的山路。
儘管無盡險阻，昭君始終沒有忘記自己的使命，
向着塞外，走得堅韌而無畏。

經過長途跋涉，王昭君終於到達了塞外。

呼韓邪單于為歡迎新娘，舉行了富有當地特色的盛大宴會。

昭君與呼韓邪單于舉案齊眉，

她決心要為漢朝和匈奴的和好奉獻一生。

身為單于的夫人，王昭君沒有一天不牽掛着匈奴的百姓。

她教會了匈奴人使用漢朝的農耕用具，學會了馴養牲畜。

昭君的善良和慈愛贏得了匈奴百姓的愛戴與尊敬。

自從昭君出塞以後，匈奴和漢朝長期和睦相處，六十多年沒有打仗。

王昭君死後，她的匈奴子女在一塊水草豐茂的山坡地，遙對漢朝的方向為她修建了墳墓。
據說昭君墓既向陽，又臨水，一年中大部分時間都是青葱葱的，
因此後人把昭君墓稱為「青塚」。

千載琵琶作胡語　分明怨恨曲中論

人民音樂出版社編審、中國民族管弦樂學會常務理事、中國戲曲音樂學會副祕書長　**張輝**

羣山萬壑赴荊門，生長明妃尚有村。
一去紫台連朔漠，獨留青塚向黃昏。
畫圖省識春風面，環珮空歸月夜魂。
千載琵琶作胡語，分明怨恨曲中論。

王昭君是一個流傳千載、家喻戶曉的悲情故事，千百年來，不僅有各種各樣的戲曲、戲劇、影視作品，如元朝的《漢宮秋》、明朝的《和戎記》、清朝的《弔琵琶》、當代的《王昭君》等，還有不同樂器、不同版本的傳統樂曲，如琵琶的《昭君出塞》、古箏的《漢宮秋月》的演繹。聆聽這些樂曲，往往是一曲《昭君出塞》未罷，眼前似已展開一幅歷史的圖畫。因不願向畫師行賄，王昭君以「落雁」之容貌身居後宮三年，未嘗得見君王。呼韓邪單于請為漢家婿，昭君憤而請纓，終於深入蠻荒，遠嫁匈奴。昭君一去不復返，漢廷卻藉此遂成「和親」，烽火止息。

杜甫這首著名的七言律詩《古跡》中的「明妃」即王昭君，「青塚」是指王昭君的墓，據説每到秋天，四野枯黃，唯獨昭君墓上之草獨青，故名「青塚」。杜詩通過對王昭君「一去紫台連朔漠，獨留青塚向黃昏」的描述，將昭君生前的寥落、死後的孤寂寫得入木三分，寫出了她遠嫁大漠，獨葬異鄉的悲涼。「畫圖省識春風面」寫出了對畫師毛延壽無恥行為的怨恨。「環珮空歸月夜魂」寫出了月魂空歸，思念故鄉的幽怨。正因為漢元帝「省識春風面」，才有昭君「一去紫台連朔漠」的悲劇。正因為昭君「空歸月夜魂」，才有其「獨留青塚向黃昏」的淒涼。杜甫在詠歎王昭君不幸的同時，也在感歎自己的不幸，在表達王昭君千載之怨的同時，也在表達自己的深深怨恨。

王昭君，名嬙，字昭君，原為漢宮宮女。公元前54年，當時北方匈奴由於內部相互爭鬥，結果越來越衰落，最後分裂為五

個單于勢力。呼韓邪單于被他哥哥郅支單于打敗，南遷至長城外的光祿塞下，同西漢結好，約定「漢與匈奴為一家，勿得相詐相攻」，並幾次來朝觀見漢帝。漢宣帝死後，元帝即位，呼韓邪單于於公元前33年再次來到長安，要求同漢朝和親。元帝同意了，決定挑選一個宮女認作公主嫁給呼韓邪單于。後宮裏有很多從民間選來的宮女，整天被關在皇宮裏，很想出宮，但匈奴路途遙遠，大漠荒涼，誰也不願意嫁到匈奴去，管事的大臣很着急。這時，有一個宮女毅然表示願意去匈奴和親，這個宮女就是王昭君。管事的大臣聽到王昭君肯去，急忙上報元帝，元帝就吩咐大臣選擇吉日，讓呼韓邪單于和昭君在長安成了親。呼韓邪單于得到了這樣年輕美麗的妻子，又高興又激動。臨回匈奴前，他和王昭君向漢元帝告別的時候，昭君美麗又端莊的容貌讓漢元帝萬分地驚詫，很想將她留下，但「君子一言，駟馬難追」，已經晚了。據說元帝回宮後，越想越懊惱，「後宮竟有如此沉魚落雁之容的美女，朕怎麼會沒發現呢？」於是他叫人從宮女的畫像中再拿出昭君的像來看，才知道畫像上的昭君遠不如本人貌美。為甚麼會畫成這樣呢？原來宮女進宮時，一般都不是由皇帝直接挑選，而是由畫師畫了像送給皇帝看後決定是否入選。當時的畫師給宮女畫像，宮女們要送給他禮物，這樣他就會把人畫得很美。王昭君對這種貪污勒索的行為不滿意，不願送禮物，所以畫師就沒把王昭君的美貌如實地畫出來。為此，元帝極為惱怒，懲辦了畫師。

王昭君在漢朝和匈奴官員的護送下，騎着馬，離開了長安。她冒着塞外刺骨的寒風，千里迢迢來到匈奴地域，做了呼韓邪單于的妻子。她到匈奴後，被封為「寧胡閼氏」（閼氏，音「焉支」，意思是「王后」），象徵她將給匈奴帶來和平、安寧和興旺。昭君慢慢地習慣了匈奴的生活，和匈

奴人相處得很好。她一面勸單于不要打仗，一面把中原的文化傳給匈奴。後來呼韓邪單于在西漢的支持下控制了匈奴全境，使匈奴和漢朝和睦相處了半個多世紀。昭君死後葬在匈奴人控制的大青山，匈奴人民為她修了墳墓，並奉為神仙。後為避司馬昭之諱，昭君改稱王明君。

古人用「沉魚落雁」、「閉月羞花」來形容美麗的女子，其實這沉魚、落雁、閉月、羞花，在傳統上分別指代歷史上的四個美人：「沉魚」指春秋的西施，「落雁」指西漢的王昭君，「閉月」指後漢末的貂蟬，「羞花」指唐朝的楊貴妃。據說昭君告別了故土，登程北去。一路上，馬嘶雁鳴，撕裂她的心肝，悲切之感，使她心緒難平。她在坐騎之上，撥動琴弦，奏起悲壯的離別之曲。南飛的大雁聽到這悅耳的琴聲，看到騎在馬上的這個美麗女子，竟然忘記擺動翅膀而跌落地上。從此，昭君就得來「落雁」的代稱。

琵琶名曲《昭君出塞》目前存有兩個版本，一個版本是由「瞎子阿炳」（即民間藝人華彥鈞）的父親華雪梅親傳，阿炳演奏，曹安和記譜，時長五分多鐘。另一個版本則是琵琶大師劉德海在1986年根據張正秋譜和廣東音樂《昭君怨》為素材，加工改編，表現了昭君對和親生活的憧憬及離別家鄉的哀愁，時長七分多鐘。

阿炳創作的昭君是激昂悲憤、悲痛哀怨的，樂曲節奏規整單一。樂曲共分三段：第一段旋律端莊深刻，刻畫了昭君出塞時的激昂悲憤之情和離別故土的悲痛哀怨之情。第二段節奏沉穩單一，旋律富有內在動力，表現了一個紛雜的場面。第三段結構短小，音樂輕快明朗，層次分明，表達了對昭君出塞的無限感慨。

劉德海創作的《昭君出塞》大不同於以往的詩歌、琵琶曲、戲劇中的昭君。他用新時代的眼光，加入了西方作曲技巧。他筆下

的王昭君不再是一個僅有哀痛和悲憤情緒的小女子，而是為了兩國和睦，背負着民族大義甘願去和親的一個形象。在此曲中，劉德海充分利用了專業作曲技巧，同時採用了中國傳統音樂和廣東戲曲音樂的創作手法，使音樂不斷地展開，生動地描述了昭君出塞的場景。除去引子和尾聲，全曲亦為三個部分。第一段，樂曲從容緩慢地進行中又不乏跌宕起伏，旋律秀麗，富有特色，並且通過停頓使其韻味十足。音程的跳進，形象地表現了王昭君雍容華貴的儀態和激動、哀傷的複雜情緒。第二段，在與第一段的速度、指法等形成強烈對比的基礎上，敍述了出塞路上車輪轔轔、飛沙走石的景況。第三段，樂曲運用了鑼鼓節奏的渲染，以較快的速度收尾，更加形象地描繪了王昭君匈奴和親的場景。

當然，對王昭君匈奴和親之事，歷來觀點各異。既有杜甫「千載琵琶作胡語，分明怨恨曲中論」的同情與悲憫，也有王安石「漢恩自淺胡自深，人生樂在相知心」的稱道與讚頌。王昭君出塞之時，是否充滿了悲怨情緒，後人已無法得知。但無論如何，這對她來說確是一個並不輕鬆的人生選擇。正如清人吳雯《明妃》詩曰：「不把黃金買畫工，進身羞與自媒同。始知絕代佳人意，即有千秋國士風。環珮幾曾歸夜月，琵琶唯許託賓鴻。天心特為留青塚，青草年年似漢宮。」

作者介紹

葉媛媛

1984 年出生於浙江麗水，2008 年畢業於中央美術學院影像藝術系。
主要從事實驗影像創意和插畫製作，影像作品多次參展國內外展覽，
生育女兒後開始將創作重心轉向繪本領域。
2016 年入選文化部國家藝術基金插畫藝術人才培養項目。

樂中國系列

昭君出塞

甄 妮 / 著　　葉媛媛 / 繪

責任編輯：劉萄諾
裝幀設計：鄧佩儀
排版：鄧佩儀
印務：劉漢舉

出版 | 中華教育

香港北角英皇道 499 號北角工業大廈 1 樓 B 室

電話：(852) 2137 2338 傳真：(852) 2713 8202

電子郵件：info@chunghwabook.com.hk

網址：http://www.chunghwabook.com.hk

發行 | 香港聯合書刊物流有限公司

香港新界荃灣德士古道 220-248 號 荃灣工業中心 16 樓

電話：(852) 2150 2100　傳真：(852) 2407 3062

電子郵件：info@suplogistics.com.hk

印刷 | 美雅印刷製本有限公司

香港觀塘榮業街 6 號海濱工業大廈 4 字樓 A 室

版次 | 2022 年 10 月第 1 版第 1 次印刷

©2022 中華教育

規格 | 16 開（250mm x 260mm）

ISBN | 978-988-8808-46-5

版權聲明

本系列中文簡體版書名為：「九神鹿繪本館」系列：《昭君出塞》

文字版權 © 甄妮

插圖版權 © 葉媛媛

「九神鹿繪本館」系列：《昭君出塞》由中國少年兒童新聞出版總社有限公司在中國內地首次出版簡體中文版，中文繁體版由中國少年兒童新聞出版總社有限公司授權中華書局（香港）有限公司以中華教育品牌在港澳台地區使用並出版發行。所有權利保留。該版權受法律保護，未經許可，任何機構與個人不得任意複製、轉載。